내가 나에게 안녕을 말할 때

KB122758

# 목차

해소됐어?




"해소됐어?"


"뭐가?"


"죽고 싶다고 했잖아."


"글쎄."


"아직이야?"

"영원히 아직이겠지. 해소될리가 없잖아."

"그런가."

"응."

"그래도 한동안은 괜찮았잖아."

"그랬었지."

"그렇게 조금씩 괜찮다 궁극에는 해소되는 거 아닐까."

"그럴까."

"응."

"난 사실 잘 모르겠어."

"뭐를?"

"내가 내 숨을 막아봐도 몸무림 치게 되거든. 살고 싶은 마음에서 기인한 건 아닌데 생리적으로 그렇게 되나 봐. 그래서 약도 먹고 목도 매달고 번개탄도 피울까 봐."

"그렇게까지?"

"응. 숨을 막던 손을 치워내듯 살려고 발악하면 어떻게 해."

"그럼 살면 되잖아."

"나는 살고 싶지가 않은데."

"왜?"

"지쳤으니까. 숨을 쉬는 것조차 버거워."

"삶이 그정도야?"

"응."

"무슨 일이 있었는데?"

"아무일도 없었어. 그냥 그런거야."

"그래도 뭔가 있었겠지."

"다 지나갔는데 뭘. 과거의 편린인데 반추해봐야 무슨 의미야. 나는 그저 지금 이 삶을 끝내고 싶은 거 뿐이야. 죽고싶었던 과거의 내가 끊임없이 이어져왔다고 생각했거든. 근데 아닌 거 같아."

"지금은 죽고 싶은 일같은 건 없는 거 아냐? 결국 과거에 기인한 충동 아니야?"

"아닌 거 같아. 탓할 상대가 필요했어. 살고 싶었을 때 살아야 할 이유를 찾아다녔거든. 그렇듯 죽고 싶으니까 죽을 이유를 찾다보니 과거로 거슬러 올라갔던 거 같아. 가끔은 미래로 시간을 돌리기도 했어. 불안하니까 불안을 없애야 한다고 그러니 지금 죽어야 한다고. 그것 봐. 결국 죽고 싶은 이유에 과거만이 얽혀있지는 않은 거잖아."

"그런가."

"응."

"그치만 과거의 네가 다른 삶을 살았더라면 죽고 싶다는 생각따위 하지 않았을지도 모르잖아."

"아니. 아니야."

"왜 아니야? 과거의 어느 날 시작되어버린 그 생각이 물꼬를 틀고 계속 이어지는 거잖아."

"그럼 난 엄마를 탓해야 하는데. 마음 속으로라도 아빠를 죽여야 하는데 그럼 내 인생이 더 가혹한 거잖아. 그러니까 과거의 문제가 아니야. 미래도 아니고 그냥 현재의 내가 죽고 싶은 것 뿐이야. 현실을 이제야 자각했는데 왜 자꾸 과거를 개입시키는 거야?"

"과거는 네 말대로 지나갔으니까. 미래는 아직 오지도 않았으니까. 그러니까 오늘만 생각해보면 죽고 싶은 마음이 오늘 단 하루라도 해소될 수 있잖아."

"그러려나."

"응. 나는 네가 살았으면 좋겠어."

"왜? 내가 죽기를 바라는 거 아니었어?"

"네가 자꾸만 죽고 싶다고 하니까 듣기 싫으니까 죽어 버리라고 말했던 것 뿐이야. 그 입 좀 다물라고."

"…"

"근데 나는 네가 죽고 싶다고 할때마다 마음이 아팠어. 내가 해소해 줄 수 있다면 하고 생각했어. 사실 네가 살았으면 좋겠다고 말했지만 나는 네가 해소되었으면 좋겠어. 그게 삶이든 죽음이든, 어떤 방향으로든. 이러지도 저러지도 못해서 괴롭다며."

"응. 괴로워. 죽고 싶은데 무슨 미련이 남아서 죽지도 못하고, 그렇다고 잘 살지도 못하고 버거워. 근데 해소되면 그 다음은? 끝인걸까."

"아마도."

"나는 다시 태어나면 좋겠어. 태어나지 않겠다고 말하

고는 했지만 다시 태어나서 처음부터 다시 시작하고 싶어. 보통의 삶에 보통의 불행과 조금의 행복을 담아서 살고 싶어. 하고 싶은 것도 있었으면 좋겠고 그 하고 싶은 일에 열정을 담고 싶어. 엄마랑 아빠랑 오빠랑 다 같이 그렇게 살고 싶어. 우울은 가끔씩 찾아오더라고 죽고 싶지는 않은 날들을 살면서 같이 밥을 먹고 산책도 하고 놀러도 가고 그렇게 행복도 가끔씩 찾아오는 삶이었으면 좋겠어."

"역시 과거가 문제인거네."

"아니라니까. 그냥 다시 태어나면 그랬으면 좋겠다고 그런 바람이잖아. 그 뿐인데 뭘 자꾸 과거를 들먹여. 과거를 들춘다고, 내가 과거에 기인해 죽고 싶다고 말하면 달라지는 게 있나?"

"마음을 직시하다보면 해소되는 게 있겠지."

"그럴거였다면 이미 오래전에 이 문제가 해소되었어야 했어. 지금까지 몇년이고 이어질 게 아니고."

"그 과거를 똑바로 마주쳤던 건 맞고?"

"응. 나는 몇번이고 마주했고 이제는 괜찮다 다독이기도 했어. 다 지나간 일이니까."

"다 지나간 일이니까, 거기부터가 문제라고 생각 안 해? 다 지나간 일이라고 덮어두려고 꼭꼭 숨겨두려고 하는 게 문제라고. 아무리 과거를 마주했더라도 과거의 네가 아닌 현재의 너를 다독이면 해소될까? 왜 그걸 몰라."

"그럼 어떻게 해야 하는데. 나는 과거로 돌아갈 수 없고 모든 일은 이미 일어나버렸는데 내가 뭘 어떻게 해야 하냐고. 과거를 탓하는 것도 지겨워."

"탓을 하거나 숨기지 말고 받아들이라고."

"그건 어떻게 하는 건데. 그게 말처럼 쉬운건가? 나는 잘 모르겠어. 네가 하고 싶은 말이 뭔지."

"그러니까 네가 죽고 싶었던 그 순간들을 똑바로 바라 보라는 거잖아."

"그럼 죽고싶어지기밖에 더해?"

"아니지. 똑바로 바라보고 그 때의 네 마음을 다독여 줘야지. 어른인 네가 어린 너를 찾아가야지. 안아주고 다독여줘야지. 괜찮다고 말하지 말고 힘들었지 하고 이해해줘야지. 그럼 그 어린 너라도 해소가 되겠지. 그 렇게 해소가 되는 과거가 쌓이면 현재의 죽고 싶은 마 음같은 건 남아있지 않을지도 모르지."

"말은 참 쉽다. 그치? 나는 과거의 나를 찾아가면 죽어버리라고 말할 거야. 어려서 아무것도 몰라서 죽는 방법따위 몰라서 망설이고 방황하는 내게 죽는 법을 알려 줄거야. 그러니까 나는 과거로 가도 나를 다독여 주는 것따위는 못해. 하루라도 더 빨리 죽기를 바라니까. 현재의 나는 과거의 내가 미덥잖으니까 현재의 내가 고통스러우니까 고통을 최소한으로 줄이기 위해서 죽으라고 등을 떠밀 수 밖에 없어."

"…"

"이제 됐어. 해소될 것 같아."

## 내가 나에게 안녕을 말할 때

불행에 허덕이며 우울을 오른쪽 주머니에 숨기고 왼쪽
주머니에는 불안을 숨겼다. 꾸역꾸역 숨겨야 했다. 그
렇게 숨기고 나니 숨이 차오르는 것이 조금은 가라앉
았다.

외투를 걸치고 바깥을 향했다. 차가운 바람이 불었다.
하얀 입김이 났다. 낡은 빌라촌을 빠져나와 높은 건물
사이로 들어섰다. 우울이 빼꼼 고개를 내밀어서 허겁
지겁 눌렀다. 주저 앉을 수는 없으니까.

세상이 무섭다. 나를 포함한 사람이 두렵다. 공포를 닮은 감정에 짓눌려 어깨는 한껏 굽었다. 그래도 나아가야지. 한 걸음씩 내딛는다. 오늘은 면접을 보기로 했으니까 뒤돌아 갈 수가 없었다.

면접장에 들어서니 불안이 뒤척인다. 꾸욱 눌러본다. 쿵쿵 거리는 심장에 손이 떨려와도 못 본 척했다. 기다림의 시간이 지독했다. 엉덩이를 들썩이며 집으로 돌아가야 하는지 끊임없이 고민했다. 참고 또 참아냈다.

내 차례가 왔고 걷는 걸음에 무게가 더해졌다. 면접관 앞에 앉으며 두려움에 떨었다. 어디서 오는 걸까, 이 두려움은. 늘 궁금했는데 조금은 알 것도 같았다.

면접은 간단하게 끝이 났다. 자기소개를 했고 몇 가지의 질문을 받았으며 회사에 대한 설명을 들었다. 다행히 나는 그 순간들을 버텨냈다.

면접이 끝나고 터덜터덜 돌아가는 길에 집이 아닌 다른 곳에 가고 싶었다. 하지만 바람과는 다르게 내 주머니에 든 우울과 불안이 갑갑함을 이기지 못하고 튀어나와 허둥지둥 집으로 향했다.

현관문을 열었다. 훈훈한 공기에 휩싸이자 긴장이 풀렸다. 좁은 원룸이어도 내 몸 하나 온전히 숨길 수 있기에 숨어들었다.

샤워를 하고 옷을 갈아입었다. 침대에 누워 이불을 목까지 끌어올려 덮었다. 포근했다. 언제까지고 이렇게 있고 싶었다. 아무것도 하지 않고 누구의 눈에도 띄지도 않게 유령처럼 살고 싶었다.

잠이 들려는 순간 눈앞에 남자가 나타나 치아를 드러내며 웃었다. 소름이 끼쳐 눈을 떴다.

"저리 가."

소리 내 말해서 쫓아냈다. 다시 눈을 감았다. 해가 완전히 지지 않은 이른 시간이었지만 잠을 청했다.

새벽 5시 잠에서 깼다. 잠을 원 없이 잤는데도 해가 뜨지 않았고 나는 너무 피곤했다. 어제의 긴장으로 인해 몸은 뻣뻣해졌고 밤새 잇몸은 붓고 헐었다.

전기장판으로 따뜻하게 데워져 있던 침대에서 일어나 옥상으로 향했다. 차가운 공기에 담배고 뭐고 침대에 다시 눕고 싶었다.

금연을 목표로 하지만 번번이 포기하고 만다. 담배를 물고 라이터를 켰다. 아침 첫 담배는 죽을 때까지 못 끊겠다는 실없는 생각을 하며 입김을 닮은 담배 연기를 뱉어냈다.

냉장고에 있는 우유와 시리얼을 꺼내 먹었다. 추워서 따뜻한 게 먹고 싶었지만 요리를 할 마음이 들지 않았다. 자꾸만 축축 처져서 눕고 싶기만 했다. 차가운 우유에 몸에 한기가 들었다. 바삭한 시리얼이 헌 잇몸을 자극해 통증이 일었다. 그러한 아침이 우울했다.

상념에 빠진 채로 누워있다 보니 어느덧 오후가 되었다. 면접 결과가 문자로 도착했다. 합격이라는 내용과 함께 교육일정이 적혀있었다.

교육… 나는 갈 수 있을까. 불안했다. 면접까지는 몇 번 성공했지만 그 이후는 매번 포기했었다. 멍하니 문자만 들여다보다 캘린더에 일정을 입력했다. 이번에는 꼭 해내고 싶었다. 포기한 다음에 오는 자괴감은 견디기 힘드니까 오히려 더 적극적으로 아무것도 하지 않게 되니까.

시간은 내 의지와는 다르게 흘러가기만 했고 나는 내일로 다가온 교육일에 숨이 막혀왔다. 불안에 잠식되어 숨이 차올랐다. 내일 나는 갈 수 있을까.

불안에 불안이 더해져 잠들었더니 악몽을 꿨다. 어딘지 모르는 집에서 모르는 사람들과 함께 있었다. 나는 누구인지도 모르는데 그들은 나를 아는체했고 내가 꼭꼭 숨겨 둔 과거를 들먹였다. 꿈에서조차 불안에 치여 끅끅대며 잠에서 깼다.

꾸역꾸역 일어났다. 씻고 옷을 갈아입고 다시 우울과 불안을 숨긴 채 집 밖으로 나왔다. 버스에 앉아서 한참을 고민했다.

'집에 갈까.'

그 생각만이 나를 옭아매고 내려야 할 정류장이 다가올수록 불안해졌다. 모른 척하고 싶었다. 내가 내려야 할 곳을 지나치고 싶었다. 그런 욕망을 기어이 이겨낸 나는 버스에서 내렸다.

회사 앞에서 서성였다. 들어가려다 멈칫 거린지 몇 번

째이던가. 벌써 9시가 넘었다. 회사에서 전화가 왔다. 깜짝 놀란 나는 도망치듯 회사 앞을 벗어났다.

우울이 차올랐다. 절망에 뒤덮였다. 울컥했다. 자책이 시작되었다. 어디로 가는지도 모르고 앞만 향해 걸었다. 그러다 다니던 정신과를 찾았다. 예약도 없이 와버려서 또 한참을 망설이다 들어갔다. 목소리가 떨렸다.

"예약은 안 했는데 진료 볼 수 있을까요?"

그 한마디가 천근만근 무거웠다. 내뱉고 나니 가벼워졌다. 진료실 안으로 향했고 선생님 앞에서 조금 전 일을 말했다. 눈물이 났다. 나 자신이 한심해서 견딜 수가 없었다. 결국 또 이렇게 되었구나. 괴로웠다.

선생님은 약을 추가로 처방해 주었다. 많이 불안할 때 먹을 수 있는 필요시 약이었다. 나는 약을 들고나와 집까지 걸었다. 40분을 걸어 도착한 집은 어쩐지 삭막했다. 나를 비웃는 것 같았다. 침대에 파고들어 울었다. 속상해서 울었고 내가 불쌍해서 울었고 이대로 삶을 끝내버릴까 봐 두려움에 울었다.

욕실 문을 한참 바라봤다. 고개를 축 늘어뜨린 채 문에 매달려 있는 나를 보고 또 봤다. 휘휘 저어내고 욕실로 향했다. 퉁퉁 부은 눈으로 거울을 봤다. 거울에 비친 내가 너무도 초라했다. 고개를 숙였다. 세수를 하고는 고개를 숙인 채 뒤돌아 나왔다. 거울 속 나를 볼 수 없어서 고개를 들 수 없었다.

나에게 너무 미안해서 나는 그렇게 매번 고개를 숙였다. 오늘 또 울어서 미안하고 또 죽고 싶어져서 미안하고 모든 게 다 미안했다.

내가 하고 있는 노력들이 무의미하게 느껴졌다. 살아보려고 살아내려고 발버둥을 쳐도 나는 갇힌 채 어디에도 갈 수 없었다. 이제는 지쳤다. 약을 먹어도 우울은 완전히 가시지 않고 치밀어 오르는 감정에 질렸다. 어느 날 내가 거울에 비친 나에게 안녕을 말할 때 같이 안녕을 말해주기를. 언제까지고 안녕할 수 있도록.

## 나는 왜 행복할 수 없을까

아침에 눈을 떴다. 한기에 코끝이 시렸다. 작은 원룸은
보일러를 아무리 돌려도 추웠다. 전기장판으로 데워진
이불 밖으로 나가고 싶지 않았다.

할 일 없이 멍하니 허공을 바라보고 있었다. 그 사이
우울이 차올랐다. 외로움에 진저리 쳤다. 공허하고도
허전했다. 텅 비어버린 것만 같았다.

견디지 못하고 일어났다. 씻고 산책을 갈까 생각했다. 온수를 틀고 머리를 감고 샤워를 하고 나왔다. 화장품을 바르고 머리를 말리고 나니 모든 기운이 소진되었다. 귀찮아졌다. 산책은 사치였다.

하루 이틀 삼일… 그렇게 일주일이 지났다. 나는 담배를 사러 편의점에 가는 것을 제외하고는 집에만 있었다. 무기력했다. 하고 싶은 것이 있어도 할 의지가 자꾸만 사그라들었다.

날이 따뜻했다. 겨울이 맞나 갸웃했다. 낮 기온이 17도였다. 정신과에 가는 날이었다. 검은색 후드티에 크림색 면바지를 입고 캔버스화를 신었다. 외투를 입지 않았다. 그 사실이 묘하게 기분 좋았다. 가벼워진 만큼 두둥실 떠올랐다.

예약시간 보다 5분을 늦었다. 평소라면 짜증이 나고 눈물이 날 것 같았을 텐데 괜찮았다. '5분쯤 늦을 수도 있지.' 나 답지 않게 그런 생각을 했다.

잠시 기다리다 진료를 봤다. 선생님을 보면 기분이 나아진다. 언제나 그렇듯 질문이 이어지고 대답을 해나간다. 선생님은 나에게 홀가분해 보인다고 했다. 나는 '그런가?' 생각했지만, 그랬던 것도 같다. 나는 가벼웠다.

약을 받고 진료비 계산을 하고 나왔다. 집까지 걸었다. 날씨가 따뜻하다 못해 더워졌다. 걷다 보니 열이 올랐다. 이대로 겨울이 지나가버리면 좋겠다. 이대로 봄이 오고 5월이 오면 좋겠다. 5월이 되면 좋겠다. 그런 좋겠다는 생각들로 가득 찼다.

집 근처 아이스크림 가게에 들러 호두마루를 샀다. 요즘 내가 가장 좋아하는 아이스크림이다. 아이스크림을 많이 먹어서 그런지 살만 쪘다.

공용 현관 도어록 버튼을 눌렀다. 현관문을 열쇠로 열

고 집으로 들어섰다. 기분이 가라앉았다. 늘 그랬다. 집이라는 공간은 어느 날에는 외부와의 차단으로 안정을 주지만 또 어느 날에는 고독을 준다.

오늘은 고독이었다. 침대에 누워 전기장판을 켜고 아이스크림을 퍼먹었다. 몸이 추워졌다. 손톱이 보라색으로 변하고 몸이 덜덜 떨려왔다. 아이스크림을 다 먹고 나서 머리끝까지 이불을 덮었다.

나를 이불 속에 가둔 것 같았다. 스스로 들어선 단절에 오히려 포근했다. 포근함은 두려움을 불러온다. 언제든 사라져 버릴지도 모른다는 불안을 불러낸다. 포근함이 사라졌을 때의 상실감은 괴롭기에 이불을 얼굴 아래로 내렸다.

외로웠다. 난 아직 혼자가 편해라는 이유만으로 혼자 있었다. 혼자라서 외롭다. 하지만 사람들 속에서도 외롭다는 걸 알기에 그 틈에 있을 생각은 없었다. 외로운

사람은 타인과 함께일 때 더 외롭다. 나는 아니까 수
번의 경험 끝에 알게 되었으니 이제 더는 같은 실수를
반복할 생각은 없었다.

사촌 동생의 결혼식을 다녀왔다. 행복해 보였다. 그렇
겠지, 그런 생각이 들었다. 나는 왜 행복할 수 없을까
생각에 잠겼다. 남의 결혼식에서 할 생각이던가. 휘휘
저어 생각을 흩어냈다. 행복해지기를 바랐다. 우리 모
두가 행복해진다면 거기는 천국이 될까. 오히려 지옥일
까.

마이너스 통장의 마이너스 금액이 커질수록 숨이 막
혀왔다. 나는 행복하지 않았다. 행복해지고 싶기는 할
까. 불행했다. 불행에서 벗어날 생각은 있을까. 나는 무
엇을 원하는 걸까. 답 없는 물음에 지쳐갔다.

집에 돌아 오자마자 옥상에 올라가 담배를 피웠다. 부
족해. 허전해. 그랬다. 수시로 옥상을 드나들며 담배를

피워댔다.

외롭다고 느낄 때마다, 공허하다는 생각이 들 때마다, 열등감에 화가 차오를 때마다. 끊임없이 옥상을 향했다. 미세먼지로 뿌연 하늘에 숨이 막혔다. 우울을 곱씹으며 담배 필터를 손가락으로 눌러대며 갑갑함을 풀어냈다.

침대에 누워 천장을 봤다. 우울이 금세 나를 잡아먹었다. 눈꼬리에 고이던 눈물이 관자놀이를 지나 베개를 적셨다.

우울은 그랬다. 나를 좀 먹는 존재였다. 나는 우울에 중독되었고 우울은 나에게 집착하는 비정상적인 관계였다.

눈을 감았다. 어린 시절부터 곪아 온 상처가 그때 죽었더라면 그렇게 생각하게 만들었다. 그랬더라면 나는 지금쯤 낙원에 있을까.

뭔가를 해야겠다는 생각보다 아무것도 하지 않는 지금이 숨이 막혔다. 부족한 숨을 가쁘게 쉬며 잠에 들었다.

아침에 눈을 뜨고는 죽고 싶다는 생각을 했다. 살아서 뭐해, 하등 쓸모없는 인생. 뭐 하러 살아 있나 내가 원망스러울 지경이었다.

우울했던가 그렇지는 않았던 것 같은데, 슬펐던가 그럴 이유는 없었는데, 왜 그토록 죽고 싶어 안달이 났던 걸까.

쓸데없는 욕심에 치여서? 자꾸만 불편한 마음 때문에? 매번 아프고 마는 몸 때문이었을까. 살고자 하는 마음이 죽음을 불러올 수도 있겠다 싶었다.

침대에서 일어나 담배를 가지고 외투를 입고 옥상에 올라갔다. 사는 게 이토록 힘에 겨운 걸까, 계단 하나를 오르고 혹시 나한테만 이렇게까지 가혹한 걸까, 다시 계단 하나를 오르고 내가 뭘 그렇게 잘못했지, 계단을 또 올랐다.

생각이 이어지면 우울이 차오른다. 우울은 역시나 불안을 불러들이고 죽음을 끌어들인다. 담배에 불을 붙였다. 한 모금 두 모금 담배 연기를 빨아들이고 흩뿌리며 죽고 싶다, 그 마음을 지워냈다.

## 아늑한 불행

매일 매 순간 죽고 싶었던 건 아니었지만 살아있으니
그저 살아있었다. 숨을 쉬고 있었으니 눈을 깜빡이고
있었으니 그저 있었다. 그러다 어느 순간에는 격하게
살고 싶었고 또 어느 날에는 죽고 싶어 발광했었다.

사는 게 지친다는 것은 어쩌면 거짓말일 수도, 내가 나
를 세뇌했던 걸지도, 끊임없이 내 머릿속에 주입시킨
걸지도 몰랐다.

사는 것은, 살아있는 것은 아무것도 하지 않아도 되는 일이었다. 잘 사는 게 어려워서 그렇지, 잘 사는 게 뭔지 몰라서 그렇지. 의식하지 않아도 살아있는 몸뚱어리는 살아있을 수밖에 없으니까. 내가 나를 죽이지 않는 이상은.

그러니 살아있으려면 얼마든지 할 수 있었다. 굶어 죽는 최후까지도 살아있을 수는 있는데 왜 자꾸만 죽음이 엄습할까. 내가 죽어서 기쁠 사람이 있는 것도 아닌데.

"죽지 마."

누군가가 그렇게 말해주면 나는 죽지 않을 명분이 생길까. 죽지 말라고 말해줄 이는 있을까.

이제는 그저 죽어야만 할 것 같았다. 죽어야 할 이유도 없이 죽어버려야만 할 것 같았다. 그렇게 정해진 수순

처럼, 그게 자연스러운 이치라는 듯이, 살아야 할 이유
가 없어도 살았듯이, 죽어야 할 이유가 없어도 죽어야
겠다고 그런 생각에 휩싸였다.

스무 살에 끊었던 자해를 하고 싶었다. 다시 피를 보면
흐르는 피가 보이면 어떨까. 그때 나는 어떤 마음이었
더라. 살아있다는 걸 확인받는 기분이었다.

지금 그게 필요한 걸까.
죽어있는지 헷갈리는 순간이던가.

약에 취해 현실과 동떨어져 살아있는지 죽어버렸는지
몰랐던 그때, 자살을 동경했던 그때, 그때 나는 어떤
마음이었던가. 너무 먼 옛날이라서 흐릿했다.

나는 그저 자기 연민에 빠져있었던 걸지도 몰랐다. 무
엇이 되고 싶었던 적도, 되어보려고 한 적도 없고 무언
가를 했던 적도 없고 열망했던 적도 없이 과거의 내가

안쓰럽고 불쌍하다며 자기 연민에 빠져 허우적거리기만 했었다.

그러니까 지금의 내가 아무것도 가지지 못한 영을 벗어나 마이너스가 된 건 당연한 걸지도 몰랐다.

늘 탓을 했다. 과거를 떠올리며 엄마를 탓하고 아빠를 탓하고 과거의 나를 탓하고 수없는 선택들을 탓했다. 과거의 나를 현재로 끌어 와서 나를 불쌍히 여겼지만 과거의 나를 현재의 나와 연장선에 놓지 못했다.

그러다 어느 순간부터는 미래의 나까지 끌어왔다. 미래의 내가 현재의 나를 탓할지도 모른다고 현재의 내가 과거의 나를 탓하듯이 그렇게 탓할 거라며 지레 겁을 먹고 현재의 나를 죽이려 했었다.

가지지 못한 건 과거의 내 탓이었고 나아가지 못하는 건 미래의 내 탓이었다. 그렇게 탓만 하며 현재에 머물렀다. 나아가지 못하니 나는 마이너스 인생일 수밖에 없었다.

그런데 그걸 지금 와서 어쩌라고 그걸 왜 지금에서야 깨우치는 걸까. 나는 이미 망가졌는데, 그렇게 현재의 나까지 탓을 했다.

토해내고 싶은 건 울음이 아니라 어쩌면 절망일지도 모르겠다. 몇 달을 숨기듯 버티던, 술래잡기라도 하듯 달음박 쳤던 날들이 끝났다. 절망은 나를 잡았고 숨통을 틀어막았다. 절망이 빼꼼 고개를 내밀고 끝났다고, 안온했던 날들은 허무하게 모두 끝났다고 속삭였다.

절망은 쉬이 사라지지 않았다. 술래였던 절망은 기어코 나를 붙잡았고 나는 붙잡혔다. 우울은 덤이었던가. 우울해서 절망했던 게 아니라 절망이 나를 짓이기고 짓밟아 그 틈에 우울을 밀어 넣었던 건가.

누가 나를 절망으로부터 숨겨주었으면 했다. 절대 찾을 수 없게 꼭꼭 숨겨주기를 바라고 또 바랐건만 절망은 기어코 나를 찾아내고 진창으로 처박아버렸다.

아무것도 하고 싶지 않고 무엇도 할 수 없는 절망 속에서 눈물마저 말라비틀어졌다. 그러한 날들은 완연한 어둠이었다.

아무도 나를 숨겨줄 수 없다면 그래서 절망으로부터 숨을 수 없다면 내가 나를 숨겨야 하는데 나는 그 방법을 알지 못했다. 나를 숨길 수 없다면 절망으로부터 도망가지 못한다면 나를 죽여서라도 벗어나야겠다고 그래야겠다고 그러한 불온한 생각만이 맴돌았다.

절망은 내 마음에 불안을 심고 우울을 들이밀고 결국에는 죽음으로 내몰았다. 절망은 그렇게 매번 내가 나를 죽이기를, 나 스스로 죽기를 희망했다.

그럼에도 나는 이 세상에서 사람들 틈에서 살아가고 싶었다. 그런데 그 세상이 사람들이 다 사라질 것 같았다. 사라졌으면 좋겠다. 사라지지 않았으면 좋겠다. 나만이 사라지면 좋겠다. 나도 사라지지 않았으면 좋겠다.

나는 무엇을 위해 오늘 하루를 버텨냈을까. 살아내고 싶은 오늘은 또 사라지겠지. 죽고 싶었던 어제는 다시 돌아오겠지. 그러한 반복에서 벗어나고 싶어서 고찰의 시간을 갖자고 생각했다.

나는 나아지지 않고 나아가지 못하고 조금씩 밀려났다. 사는 의미가 없고 까마득한 미래도 불행했던 과거도 무력하고 무기력한 현재도 숨이 막혔다.

감정이 요동치는데, 우울이 차올라서 숨이 가쁜데, 토해내고 싶은 덩어리는 가슴 안에 있어서 모조리 도려내고 싶었다.

약은 내 감정을 완벽히 숨겨주지 못하고 나를 둘러싼 모든 것이 다 내 목을 조르니 숨이 막히고 나는 살고자 죽고 싶어 졌다. 나는 또 허우적거리며 방황했다.

자정이 되도록 잠들지 못하고 생각을 버리고 다짐을 하고 다시 다짐을 버리고 생각을 주웠다. 그러니 살고 싶었던 오늘을 버리고 죽고 싶었던 어제를 주워야 했다. 우울이 깃들지 않게 불안에 잠식당하지 않게 무기력에 지지 않게 내가 나를 죽이지 않게.

생각이 이리저리 얽혀드는 밤, 어쩌면 나는 불행한 나에 도취되어 있던 걸지도 모른다는 생각을 했다. 불행한 나를 기껍게 여겼을지도.

나는 불행했었으니까, 나는 불행하니까, 그렇게 읊조리며 내 옆에 불행을 붙들었다. 내가 가진 결핍을 불행으로 채웠다. 그렇게 스스로 나를 불행하게 만들었다. 과거의 불행을 현재로 끌어와 불행에 목을 맸다. 미래의 나까지 끌어들이는 줄도 모르고.

어차피 행복 따위 모를 나니까, 그러니까 미래의 나에게도 불행을 선사하자. 불행에 취하자. 그래서 온전한 불행이 되자, 그렇게 되뇌며 나를 위로했다.

거짓된 안온에 기대 결핍을 불행으로 꽉꽉 채워 살아남자. 삶을 영위하자. 그것이 거짓된 삶이라도 괜찮다고, 생각이 거기까지 이르렀다.

그래.
그런 삶이라는 것도 있는 거니까 모두 같은 답을 가지고 살 수 없다는 걸 늦게도 알았다. 그러니까 살아보자고. 살아남자고. 나를 죽이지 말자고. 불행이라는 나락은 오히려 아늑할지도 모르니 두려워하지 말자고. 도망치겠다고, 죽어버리겠다고 발버둥 치지 말자고. 그렇게 나는 나에게 말했다.

그러면 너는 이번에는 뭐라고 말할까. 죽고 싶다는 내게 죽어버리라고 악을 쓰던 네가 삶을 붙들겠다 하는 내게는 뭐라고 할까.

잘 생각했다고 칭찬해 주려나. 이제 사라져 주겠다고 응원해 주려나. 며칠 이어지지 못하고 무너질 텐데 무엇 하러 그런 다짐을 하냐고 한껏 비웃으려나. 아마 너는 비웃는 쪽이겠지. 나도 아니까. 이 다짐이 아침에도 유효할 거라고 생각하지 않으니까.

나는 살아낼 수도 있겠다고 어쩌면 두 발로 땅을 딛고 나아갈 수도 있겠다고 봄에 그런 생각을 했었는데 결국 이 진창으로 되돌아와 버렸으니까.

그럼에도 평화롭고 안온하게 살고 싶었다. 나는 살고 싶었다. 한순간 순간에 치미는 살고자 하는 욕구가 있었다.

삶의 가운데에서 살아내지는 못하더라도. 삶과 죽음의 경계에서 끊임없이 죽음에 기울더라도. 온전히 두 발로 삶을 지탱하지 못하더라도. 불행이 차고 넘쳐서 매번 한 발은 죽음에 걸쳐놓더라도.

지쳤다는 그만하고 싶다는 다 포기 하고 싶다는 그러니 죽고 싶다는 마음의 소리들이 비집고 나오더라도 나는 괜찮지 않을까.

결국 다시 봄은 올 테니까. 네가 아무리 비웃더라도 내가 살아있는 한 내게도 봄은 올 테니까. 봄을 기다려볼까 하고 오늘의 나를 붙들었다.

## 무의식이 의식이 될 때

골목길을 지나 나무 데크 둘레길을 따라가면 공원이 나온다. 이 새벽, 아무도 없을, 어둡고 무서운 둘레길을 걷는 건 그저 충동이었다. 사람들이 무서워 사람이 많은 낮을 피했는데 아무도 없는 것이 더 무서웠다. 다수의 타인은 무서움보다는 짜증이었을까. 그런 것도 같았다.

걸음이 빨라졌다. 고개를 들어 CCTV에 얼굴을 내비쳤다.

'나 여기 있어요. 이 길을 지나고 있어요. 지금 이 시간 에요. 혹시 내가 이 둘레길에서 사라지면 나는 여기 근 처에 있는 거예요.'

그런 생각을 하면서.

죽고 싶다고 말해도 범죄자의 표적이 되고 싶지는 않 았다. 누가 나 좀 죽여주면 좋겠다고 그렇게 애원하듯 울부짖었던 날들이 있었는데 살고 싶었다. 죽더라도 온전히 내 의지였으면 했다.

살아남겠다. 그런 마음이 죽을지도 모른다는 불안을 몰고 왔다. 불안은 야금야금 내 마음을 파먹고 나는 이런 불안에 허덕일 바에야 죽는 게 낫지 않나. 그런 생각에 잡아 먹혔다.

마음을 다잡자. 일어나지도 않은 일에 겁먹지 말자. 나 를 죽음으로 내몰지 말자 생각의 끝에 둘레길은 끝났고 공원에 도착했다. 천천히 걸었다. 몇몇 사람들이 보였다.

"괜찮아."

조용히 내가 들을 수 있게 말했다.

공원을 빠져나와 큰길로 들어섰다. 둘레길을 걸을 용기가 나지 않았다. 천천히 걷다 편의점에서 막대 사탕을 샀다. 얼마만일까. 막대 사탕을 사 먹는 건 너무 오랜만이라 조금 어색했다.

'아직도 파는구나.'

그런 생각을 하며 과거를 회상했다.

조금씩 날이 밝아왔다. 사람들이 늘어났다. 나는 집 방향으로 걸음을 옮겼다. 천천히 걸으며 세상을 구경했고 사람들의 걸음을 들여다봤다. 저마다 목적을 가지고 걷고 있었다. 바쁘게 걷는 사람들 틈에서 나 혼자만이 여유를 가졌다. 누구보다 마음은 버거운 주제에 걸음에 여유를 담았다.

집에 도착한 나는 담배부터 찾았다. 피고 또 피고 연달아 3개비를 피워내고 도어록 비밀번호를 눌러 집 안으로 들어섰다. 겨울의 바람이 들어오지 않는 곳. 사람들이 침범할 수 없는 곳. 안락하진 않아도 온전히 혼자일 수 있는 곳. 나는 방이라고 부르고는 했다. 집이라고 부르기에는 한없이 초라했으니까.

잠옷으로 갈아입고 침대로 파고들었다. 잠이 오지는 않았지만 눈을 감고 이불을 아랫입술까지 끌어와 덮었다. 눈이 뻑뻑해서 눈이 떠지지 않더니 그대로 잠이 들었다.

다시 눈을 뜨니 점심 무렵이었다. 배가 고프지 않았지

만 뭐라도 먹어야 했다. 무엇을 먹어야 할지 알 수가 없어서 배달앱을 켜고 한참을 들여다봤다.

선택을 하는 일은 어렵다. 모든 선택에는 후회가 깃들고 최초의 선택의 순간으로 매번 되돌아간다. 배달앱을 들여다보다 상념에 잠겼다. 밥은 뒷전이 되어버렸고 나는 과거의 우울에 잠식되어 갔다.

탯줄을 목에 감고 죽었으면 했던 그날로, 엄마가 나를 죽이려고 했던 그날로 되돌아가 불쑥 내 무의식이 말했다.

'그러니까 엄마. 나를 죽여주지 그랬어.'

나는 너무 힘에 겹고 버거웠다. 삶이 지쳐서, 나라는 존재를 세상에서 지우고 싶어서, 그런데 매번 망설이는 내가 역겨워서 나는 매번 엄마를 탓했다.

'아빠는 매 순간, 내가 아니라 왜 엄마였을까.'

의문이 떠올랐다.

더 약했던 내 목을 조르고 내 머리를 물통에 처박았으면 좋았을 텐데, 나는 몇 번 발버둥 치지도 못하고 죽어줬을 텐데 왜 엄마였을까. 내 무의식은 끊임없이 의식의 자리를 꿰찼고 '지금이라도 좋으니 죽여줄래.' 그렇게 말했다. 그러면 나는 우리 가족을 지옥으로 내 몰았던 아빠를 용서해 줄 수도 있을 거 같은데. 퍼붓던 저주를 멈추고 불행을 선사해 줄 텐데 말이다.

잉태되는 게 축복이고 태어나는 순간부터 행복한 나날이었더라도 나는 매 순간 죽고 싶었을지도 모른다고, 얼핏 그런 생각이 들었다. 그러니까 내가 우울한 것은, 그래서 죽고 싶은 것은 엄마의 탓이 아닐 거라고. 단순히 죽고 싶은 영혼이 이 몸에 깃든 채 태어났을 뿐이라고. 그러니 어느 날 내가 정말 죽어버리더라

도 스스로를 탓하지 않았으면 좋겠다고. 그렇게 엄마
는 듣지 못할 말을 중얼거렸다.

그런 생각들이 꼬리를 물고 이어졌다. 끊어내야 하는
데 자리를 박차고 일어나야 하는데 왜 그렇게 어려울
까. 모든 것이 쉽지 않았다. 나는 나를 제어하지 못했
다. 나는 나를 이끌기에는 한참 부족한 사람이었다.

담배를 핑계로 자리에서 일어났다. 다시 배달앱을 켰
다. 또 한참을 뒤적거리다 늘 먹던 유부초밥을 선택했
다. 어김없이, 여지없이 이번에도 늘 그렇듯. 나는 새로
운 것이 두렵다. 맛이 없으면 어떻게 하지? 그딴 불안
에 떠는 내가 한심했다. 고작 배달앱에서도 불안을 찾
아내는 나에게 세상은 얼마나 지독하게 불안할까. 나
는 내가 가여우면서도 불쌍했다.

먹을 것 앞에 두고도 식욕이 나지 않았다. 모래 섞인
밥을 먹는 것처럼 고역이었다. 꾸역꾸역 삼켜내다 모

조리 버리고 말았다. 먹는다는 행위가 나를 다시 괴롭
히기 시작했다.


"그래도 먹어야지."
엄마는 말했다.


"나도 알아. 엄마, 나도 안다고."


알면서도 되지 않는 것 투성이었다. 고작 밥 먹는 것도
그러한데 세상 무엇이 내 의지대로 될까. 그러다 의지
를 잃었다. 의지를 가지는 게 의미가 없었으니까.


낮의 공원은 사람들이 많았다. 그 수많은 눈이 나를
향한 것 같아 불안했다. 아무 죄도 짓지 않았는데 수
배자라도 된듯한 마음이었다.


'제발 나 좀 보지 마.'

나는 아무도 들을 수 없다는 걸 알면서도 속으로 애원했다. 그러다 입을 벙긋거리며 말했다.

"그만 봐."

나는 왜 타인의 시선이 이토록 무서운 걸까. 나의 무엇을 보는 걸까, 두려웠다.

공원을 한 바퀴 돌고 다시 집으로 향했다. 할 수 있는 것이 없었고 하고 싶은 것도 없었다. 그저 사람들로부터 벗어나 숨고 싶었다. 그 누구의 눈도 마주치고 싶지 않았다. 나를 꽁꽁 숨기고 싶었다.

침대에 누워 휴대폰만 들여다봤다. 하는 것이라고는 그것이 다였다. 휴대폰 보는 게 지겨워지면 담배를 피웠고 저녁이 되면 술을 마셨다. 혼자 앉아 혼자 놀았다. 늘 혼자였고 혼자이고 싶었다.

한잔, 두 잔 술잔을 기울이다 울컥 눈물이 쏟아졌다.
나는 왜 이렇게 되었을까. 언제부터 망가졌을까. 회생
불가능할 정도로 망가져 버린 한심한 내가 나를 한심
하게 바라보았다. 한숨을 내쉬고 눈을 감았다.

아침이 오는 게 두려워 잠들지 못했다. 잠을 자지 않는
다고 아침이 오지 않는 게 아닌데 미련하게도 그리했
다. 날이 밝아오는 것도 모르고 과거에 얽매여 있었다.
과거의 내가 내 주변을 맴돌고 내 귓가에 속삭인다.

잘못했다고, 그만하라고 빌어봤다. 제발 나 좀 그만
내버려 두라고 애원도 해봤다. 과거는 지치지도 않나
보다. 나를 들쑤시고 결국 나락으로 끌어내렸다.

오늘은 또 무엇을 할까. 무엇을 먹을까. 어떻게 살까.
그러한 물음이 내 목을 죄고 숨통을 틀어막았다. 답답
했다. 아침을 맞이한 내가 아침을 저주하며 오늘의 나
를 만나 과거의 나를 곱씹었다. 살고 싶다고 그러니 먹

어야 한다고 먹기 위해서는 일을 해야 한다고 오늘의 내가 과거의 나를 힘껏 밀어냈다.

'나는 괜찮을 수 있을까.'
'과거의 나를 짓뭉개고 오늘을 살 수 있을까.'

나는 나에게 물었다. 답도 해주지 않을 나를 향해 묻고 또 물었다. 답이 없는 걸까. 그래서 답을 하지 않는 걸까.

침대에서 일어나 앉았다. 그것만으로도 지친다는 듯 다시 누워버리는 나였다. 의지가 생기지 않았다. 해야할 일을 미루며 마음이 무거워졌다.

"해야 하는데..."

나는 중얼거리며 천장만 보고 있었다. 움직이지 못하는 사람인 것처럼 곧 죽을 것처럼 시선은 올곧게 천장만을 향했다.

겨우 일어나 이불을 챙겨 들고 셀프 빨래방에 갔다. 갑자기 빙글빙글 돌아가는 세탁기를 들여다보고 싶은 충동이 들었으니까. 끊임없이 돌아가는 세탁기를 보면 안도하게 된다. 쿵쾅거리는 심장이 조용해지고 불안으로 서성이는 마음이 가라앉는다.

사람이 없는 조용한 빨래방에 앉아서 생각했다.

'아무도 들어오지 마.'

딱 30분만 여기서 혼자 있을 테니 아무도 오지 않았으면 했다. 운이 좋았다. 세탁기만 보고 있던 30분 동안 나 혼자였다. 기뻤다. 내 소원이 이루어진 것처럼 기뻐했다.

옥상에 이불을 널어놓고 담배에 불을 붙였다. 한대를

피고 두대를 피고 혼자 옥상에 앉아 그렇게 있었다. 언젠가 10시에서 11시 사이에 햇볕을 보라던, 약에 의존하는 것을 줄이라던 말이 생각났다. 햇볕이 내려앉은 고요한 옥상에서 나는 어쩐지 기분이 좋아졌다. 괜히 웃음이 나왔다. 햇빛은 끊임없이 쏟아졌고 그 덕에 바람이 불지 않는 이상 내 주위는 따뜻했다.

밤이 되니 혼자라는 생각에 잠겨 울적해졌다. 텅 비어버린 마음이 찌그러진 깡통과 같은 모습이 되었다. 집에서 한잔 마실까 생각하다 술집에 가기로 했다. 마음이 바뀌기 전이 얼른 옷을 갈아입고 롱패딩을 걸쳤다.

버스를 타고 조금 멀리까지 나갔다. 도착한 술집에는 날이 너무 추워서 그런지 사람이 없었다. 조금 뻘쭘하게 바 자리에 앉았다.

"추천하는 하이볼 있나요?"
집에서 혼자만 있다보니 말이 하고 싶어서 괜히 말을

걸어보았다.

텅 비어 찌그러진 마음에 무엇을 채울까. 다시 펴 원래
대로 돌려놓을 수 있을까. 나의 공허는 채워질 수 있을
까. 그런 생각을 술 한잔 한잔에 담아 비워냈다.

사는 의미는 여전히 찾지 못했고 나는 나날이 지쳐간
다. 불행하기 위해 살아가나, 여기가 지옥일까. 지옥이
라면 이제 그만 끝을 내는 게 어떨까. 죽으면 그곳이
낙원이겠지. 술에 취한 나는 우울에 취해 우울한 나에
게 안정감을 느꼈다. 내 자리인 것 같았다. 내 자리를
찾은 것 같았다.

아침에 눈을 떴다. 요란한 꿈속을 헤매다 꿈에 치이고
치여 절망이 밀려와 공허가 짙어졌다. 우울은 꿈에서
현실로 넘어와 현실의 나까지 우울하게 만들었다.

불안하고 불안정한 내가 찾아왔다. 괜찮음과 괜찮지

않음 사이에서 어느쪽으로 기울어도 불안은 나를 괴롭혔고 무기력은 내 삶을 내 마음을 내 정신을 파먹는 벌레같아서 결국에는 내가 나를 지켜내지 못할 것만 같아서 죽고 싶다고 생각하는 주제에 죽을지도 모른다는 불안을 겪었다.

우울에 지지 않겠다. 그 마음으로 침대에서 일어나 약을 먹고 씻고 아침밥까지 꼬박 챙겨 먹었다. 그리고 정신과에 가기 위해 집을 나섰다.

진료실에 들어서 인사를 하고 나는 선생님에게 말했다.

"일주일의 절반은 대체로 울적했는데 그래도 눈물이 나지는 않았어요."

그리고 웃었고 선생님이 말했다.
"우는 게 나쁜 건 아니에요. 식욕은 어때요? 더 마른

거 같아요."

"네... 식욕은 여전히 없었지만 그래도 잘 지냈어요. 그리고 무기력증만큼은 정말 많이 좋아진 것 같아요. 물론 그건 집 안 한정이어서 바깥에 나가는 건 여전히 어렵지만요."

그 다음 말은 선생님에게 하지 못했다.

'나머지의 날들은 밀려나오는 눈물에 울 수밖에 없었고, 가슴이 답답하고 눈물이 울컥 나도 불안에 숨을 쉴 수 없어도 이 숨을 그냥 멈춰버리고 싶어도 모든 걸 그만하고 싶어도 그래도 아직은 살아있으니까 살아보려고 하는데 그게 내맘처럼 되지가 않는다고 어쩐지 말을 할 수가 없었다.

"저는 괜찮아요."
그저 그렇게 말했다.

진료가 끝나고 정신과를 나서며 이렇게까지 살아야 하는걸까, 그런 회의감이 들었다. 완전하지 않은 절망과 온전하지 못한 희망에 매일을 흔들리며 살아왔다. 지금껏 그렇게 살아왔듯 앞으로도 변함없이 그런 삶이라면 지금 여기 이쯤이 좋지 않을까 그런 생각을 쉬이 흩어낼 수가 없었다.

터덜터덜 익숙한 길을 걸어 집 앞에 섰다. 문을 열며 울컥 차오른 눈물에 서럽게 울었다. 묻어 두었던 속으로만 삼켰던 감정을 허공에 다 토해내듯 울어버렸다.

침대에 멍하니 누워있었다. 이 자리가 원래의 내 자리였던듯 움직일 수가 없었다. 무기력이 나를 덮어 침대에 뿌리가 내린듯 했다. 뭐라도 해야 하는데 마음이 심란했다. 초조함은 깊어졌고 우울이 마음을 채웠다.

모든 것이 귀찮았다. 다시 무기력에 잠식당했다. 그런 나에게 불안과 초조만이 남았다. 손톱을 깨물고 입수을 짓이기며 울컥거리는 마음을 잠재웠다.

아무것도 하고 싶지 않았다. 해야 한다는 생각이 스트
레스를 불러왔다. 할 수 없는데, 할 수가 없는데. 그런
내가 싫었다. 싫어서 견딜 수가 없었다. 나를 놓고 싶었
다. 놓아주고 싶었다. 잘 가라며 인사해주고 싶었다. 점
점 아래로 아래로 추락했다.

이대로 멈춰 있기에는 시간이 아까웠다. 나는 조금씩
지쳐갔고 모든 기운을 소진할 것 같았다. 누군가는 팔
자 좋게 누워 있다고 하겠지만 피로는 극심했다. 온 시
간은 생각과 감정에 짓눌려 괴롭기만 했다.

'일어나야지.'

생각대로 움직여 주지 않는 몸이 싫었다. 무기력은 몸
과 마음을 파 먹는다. 그리하여 더더욱 움직일 수가 없
었다. 그래도 나는 나아가야했기에 울먹이며 일어나

씻었다. 갈 곳이 있지는 않았지만 어딘가에 닿고 싶었고 머물고 싶었다.

마음을 다잡고 바깥으로 나왔다. 집에만 있어서 그런 거라며 조금 걸으면 괜찮을 거라며 무작정 바깥을 향해 걸었다. 이제 괜찮은 것이 맞나? 기분이 나아졌나? 초조하지 않은가? 잘 모르겠다.

바깥에 나왔으니 뭐라도 하나 해냈으니 무기력으로부터는 한 걸음 멀어진 것 같은데 나는 괜찮은지 확인할 길이 없었다. 그래도 걸었다. 내린 눈이 녹고 있었다. 질척이는 땅이 못마땅해 인상이 써졌다. 가파른 내리막을 걸어내려와 무작정 걸었다. 사람들 틈을 비집고 걷고 또 걸었다.

괜찮아지겠지. 조금은 나아지겠지. 그런 일념으로 걷는 것 말고는 할 수 있는게 아무것도 없다는 듯 걸었다.

마음이 고요해져갈 무렵 서점에 들어가 책을 읽었다. 집중이 되지 않아 이 책 저 책 마구잡이로 손에 쥐어 읽어보려고 했다.

제대로 되는 게 없어 짜증이 났다. 이토록 사소한 것 하나도 내 뜻대로 되지 않는구나, 기분이 곤두박질쳤다. 집에 가고 싶었다. 침대에 누워 아무것도 하지 않는 것이 더 나은 것 같았다.

어디에도 내 자리가 없고 나를 필요로 하지도 않는다. 닿는 발길 어디에도 나를 환영하지 않는다. 그런 생각이 나를 압박해서 결국 서점을 나왔다.

멍하니 길을 걸었다. 눈을 뜨고 있음에도 아무것도 보지 않았다. 하고 싶은 것이 없었다. 할 것도 없었다. 무기력했고 무력했다. 공허가 차올랐다. 우울이 그 자리를 꿰차기 전에 뭐라도 해야 했다.

'혼술을 하자'

그렇게 생각을 하다 한 번쯤 가보고 싶었던 술집으로 향했다. 낯설어서 겁이 났지만 한 걸음씩 내디뎠다. 도착한 술집은 고요했다. 이른 시간이라서 그런 걸까. 독립서점 겸 술집이라서 혼자 앉아 혼술을 한잔 한잔 마시며 조금 전 미처 읽지 못했던 책을 읽었다.

그 순간이 낙원이었다. 눈물이 핑 돌만큼 벅찼다. 이렇게도 사소하게 행복을 느낄 수 있는 거라니 조금은 허무했다.

찰나에 스쳐 지나가는 게 행복이라는 말을 조금 이해할 수 있게 되었다. 의도하지 않았지만 술 한잔에 책 한권에 의해 오늘 내 인생 한 프레임에 행복이 담겼다.

크게 달라지는 것 없이 늘 같은 날을 같은 마음으로 살아낸다고 생각했지만 천천히 나는 변하고 있었다.

변하지 않을 것만 같았던 어두운 밤의 한가운데를 지나니 동이 트는 새벽이 오는 것처럼.

오후 7시. 취하기에는 이른 시간이었기에 술집에서 나와 다시 걸었다. 기분이 묘했다. 스쳐지나간 찰나의 행복이 잔상을 남겨놓았다. 이정도의 행복이라도 나는 괜찮을 수 있을 것 같았다.

길 위에는 사람들이 많았다. 그들의 틈에서 그들을 보지 않고 걸었다. 걷고 또 걷다 생각에 빠져들어 얼마나 걸었는지도 모를만큼 걸었다. 그 걸음의 끝에 웃고 싶었다. 우는 건 지겨울만큼 했으니 이제는 웃고 싶었다.

'세상으로 나아가야지. 그리하여 웃을 일을 만들어 내야지.'
사라지지 않기로 했다. 이 세상이 비록 낙원이 아닌 나락이라고 하더라도 나는 때때로 웃으며 찰나의 행복을 누리며 살아가겠다. 나는 다짐을 했다.

## 어차피 지나갈 우울

아무것도 하고 싶지 않았던 무기력이 불안으로 치환되어 나를 옭아매고 나는 숨이 막혀 허덕였다. 우울에 잠식당한 나는 기뻐도 온전히 기뻐하지 못했고, 슬퍼도 엉엉 울지 못했다.

임계점은 어디인지도 모를 만큼 흐릿해졌고 그저 무미건조한 날들이었다. 그 사이 공허가 생겨났다.

어딘가 깊은 구멍이 생긴 듯 영원히 채워지지 않을 것

만 같았다. 잃은 것 없는 상실감과 혼자인듯한 외로움을 닮은 공허는 나를 잡아먹을 듯 커졌다. 그 공허는 결국 채워지지 않았고 나는 무가치한 존재로 세상에 버려졌다.

살고 싶다는 발악은 죽었으면 하는 소망이 되고 죽어버렸으면 하는 소망은 살아남고 싶다는 우울이 되었다. 절망으로 지지대를 세우고 우울의 감옥에 나를 밀어 넣고 하루하루를 겨우 버티고 있는데 울컥하는 마음이 그것을 깨부수고 나를 세상에 내놓았다.

나는 내 삶에 행복이 찾아올 거라는 기대를 하지 않았다. 언제나 불행과 절망에 점철된 삶에 순응하며 살았다.

그렇다고 해서 기다림을 끝내지는 못했다. 기대하지 않아도, 그 기대가 충족되지 않음을 알아도 끝없이 기다릴 수밖에 없었다. 섞은 동아줄이라도 붙잡고 있는 거였다.

그렇게 기다리며 그저 누워 숨을 쉬는 게 삶의 전부였다. 불안으로 점철된 나는 할 수 있는 것이 없었고 하고자 하는 의지도 없었다. 사는 것은 뚜렷한 목적도 계획도 없이 그저 부유하듯. 어영부영 흐르는 시간에 편승한 채 유유히 흘러갈 뿐이었다. 주도적으로 무언가를 해야 한다는 생각은 없었고 그런 나를 자각하고 싶지 않았다.

시간은 의지와 상관없이 흐르고 나는 그 시간을 때때로 놓치고는 했다. 얼만큼의 시간이 흘렀는지 알 수 없었고 눈을 깜빡일 때마다 몇 시간이고 흘러 시간도 요일도 잊고는 했다.

사람들의 시선이 무섭고 밝은 낮이 나를 꿰뚫어 보는 것 같아 불안하고 인공적으로 산란하는 빛이 두려웠다. 불안에 떠는 내가 한심하지만 그런 나를 못 본 척하기에는 늦었다. 그렇다고 불안에 숨이 막히는 나를 불안에서 건져낼 힘은 없었다.

그런 삶에 익숙해져 갔다. 세상을 등한시하고 사람들 틈에 섞이지 못하고 오롯이 혼자 고독과 싸우며 그 사실을 스스로에게 숨겼다.

이곳에 내가 있다는 걸 누가 알까. 숨이 끊어져도 아무도 모르겠지. 어항 속 물고기보다 못한 삶이라는 생각이 들었다. 그 물고기에게는 매일 들여다보며 밥을 주고 죽으면 건져 내줄 사람이라도 있지 나에게는 아무도 없었다.

버림받을지도 모른다는 불안을 가지고 있는 내가 버림받지 않기 위해 불안으로부터 도망치듯 모조리 버렸다.

이 작은 방 안에 스스로 갇히는 걸 선택한 나니까. 내 숨이 멈춰도 아무도 알지 못하겠지. 죽은 몸이 부패하다 체액이 흘러 바닥에 흥건히 고일 때까지도 알아채지 못하겠지.

차라리 울어버리고 싶었다. 누군가의 품에 안겨 살려달라고 애원하고 싶었고, 이제 그만 죽여달라고 징징대고 싶었다. 아무것도 아닌데 아무것도 될 수 없는데 무엇도 없는데 무엇도 되고 싶지 않은데 갈증이 났다. 갈망하게 되었다.

무엇을?

왜?

갑자기 내가 변했다. 불행 안에서 아늑했던 내가 불안한 세상으로 떠밀려 떨고 있었다. 울고 싶은 만큼 울고 나면 괜찮을 것도 같은데 눈물이 나지 않아 고통을 수반했다.

울 수도 없고 죽을 수도 없었다. 숨이 막히나 죽지는

않는다. 원하는 게 뭔지 몰라 방황하고 존재의 의미조차 잃어버렸다.

숨소리조차 죽이고 나를 들여다보려 하는데 보이지가 않았다. 존재하는 내가 실존하는지 헷갈릴 지경이었다.

생각은 늘 그렇듯 최악으로 치닫는다. 고립을 스스로 선택하고 나락 속으로 밀어 넣은 주제에 불만을 품는다. 누가 나 좀 알아채 달라고 욕심을 부린다. 나는 아무것도 하지 않을 테지만 누군가가 나타나 "내가 널 돕지."라고 말해주었으면 했다.

의미가 없어서 의지가 없어서 이유도 이제는 없어서 살아야 할 필요도 사라졌다고 생각했는데 오랜만에 여행을 갈까 하는 의욕이 생겼다. 무언가를 절실히 하고 싶었다. 핸드폰을 한참 들여다보며 항공권을 조회하고 숙소를 검색하고 어디를 갈까 찾아보며 들떴다.

가고 싶었다. 매일 옥상 위 하늘을 나는 비행기를 보며 나도 저 비행기에 타고 싶다고 생각했기에 이번에는 저 비행기 중 하나에 내가 타고 있을 수도 있겠다 싶었다.

그런 희망찬 생각은 몇 시간 이어지지 못하고 곤두박질쳤다.

'아아 나는 돈이 없지.'
시간은 넘치게 많아 침대에 누워 24시간을 잠으로 허비하지만 돈은 없었다. 다음 달부터는 완벽하게 마이너스 인생이었다.

무언가를 하고 싶다는 간절함은 이번에도 고통이 되었다. 절망했다. 나라는 인간이 역겨웠다. 무료함에 잠들고 싶었고 초조함에 죽고 싶어졌다. 바로 누워 이불을 목까지 끌어올려 덮고 눈만 깜빡였다. 잠깐 타올랐던 의지가 사그라드니 무기력이 찾아왔다.

역시 아무것도 하지 않는 것이, 무엇도 희망하지 않는 것이 이로운 걸까. 나를 옭아매는 감정이 부풀어 울음이 나올 것 같았다.

꺾인 의욕에 무엇도 하고 싶지 않았다. 기대가 실망을 불러왔고 실망이 절망을 불러들였다. 이대로 눈을 감으면 다시 눈을 뜨지 않게 되길 바랐다.

회피.
내가 가장 잘하는 것 중 하나. 나는 정말 죽고 싶은 것이 아니라 그저 현실로부터 도망치고 싶은 걸지도 모르겠다.

내일이 올까 봐 겁먹고는 내일이 오지 않게, 내일의 나를 마주 보는 게 두려우니 오늘의 나를 죽이고 싶어지는 거였다. 내일의 나를 회피하는 오늘의 나는 살고 싶었으나 내일의 나는 끊임없이 죽고 싶어 했다.

그래서 내일의 나를 무시할 수 있는 만큼은 무시하려 했는데 잠시잠깐 내일의 나를 기대하다 마주치고 말았다. 다 못 본 척, 모른 척하고 여행을 갈까 충동을 느꼈다. 얼마 남지 않은 돈으로 내일을 걱정하고 불안해하며 연명하듯 사는 게 지긋지긋했다.

여행 이후, 삶이든 죽음이든 그건 그날의 내 몫으로 남겨두고 돈을 끌어모아 항공권을 결제하고 숙소를 예약했다. 가서 무엇을 할지 아무것도 계획하지 않았다. 관광이 하고 싶은 것은 아니었으니까. 그저 현실로부터 잠시 벗어나고 싶었다. 조금 어긋난 길을 걷고 머물고 싶었다.

현실에는 내가 머물 곳이 없으니까, 외로운 줄도 모르고 철저하게 혼자 외로워해야 했기에. 침대에 누워 무료함에 짓눌렸기에. 벗어나고 싶을 뿐 머물고 싶은 곳이 없었다.

어긋난 그 길 위에는 부디 내가 발끝으로 서서라도 머물 곳이 있기를 바랐다.

내가 만든 선을 벗어나는 게 미치도록 겁이 났지만 집밖을 나서 공항으로 향했다. 캐리어 하나 없이 백팩만 가지고 비행기에 올랐다.

다녀와서는 더한 나락이겠지. 그러한 현실이었다. 그러니 그 현실로부터 조금만 벗어나자. 이 여행만큼은 달콤하기만 하자, 그런 바람으로 떠났다.

나는 사람들 틈에서 그들을 바라보았다. 생기 넘치고 즐거워 보이는 표정을 들여다보며 조금 씁쓸해졌다. 나도 저들과 나란히 걸으며 저들처럼만 살고 싶어서, 사회적인 행위를 하며 조금쯤은 웃으며 나아가고 싶어서. 그들을 붙잡고 묻고 싶었다.

"당신처럼 웃으려면 어떻게 해야 하나요?"

"앞으로 나아가려면 무엇을 해야 하나요?"

"나는 모르니 알려주세요."

그렇게 무작정 알려달라고 조르고 싶었다.


공항을 나서니 겨울바람이 차가웠다. 사람들은 어떠한 목적을 가지고 이 길 위에 서 있을까. 어디를 향해 걸어가고 있을까. 그들의 삶에 기생하더라도 나란히 걷고 싶었다. 저들끼리 떠들고 웃으며 걷는 사람들의 뒤를 따라 걸었다.


어디를 가는지도 모르면서 그들은 나를 모르는데 나는 왜 뒤따라 걸을까 자각하지도 못한 채 그저 따라 걸었다. 걷다 보면 나도 그들과 함께 웃을 수 있을까. 뒤돌아 봐주면 좋겠다고 생각했다.


사람들의 틈에서 혼자라는 게 싫어 악착같이 뒤쫓았다. 그들이 밥을 먹으러 가는 식당에 함께 들어갔고 나도 같은 메뉴를 주문했다.

타인의 삶을 모방하며 그들과 섞이기를 희망했다. 밥을 먹고 나서는 다른 사람을 뒤쫓아 나왔다. 지하철을 타러 가길래 혼자 남겨져 버렸다.

가까운 카페에 들어가 달달하고도 따뜻한 음료를 마시며 사람들을 눈으로 좇았다. 나는 어째서 세상에 섞이지 못한 이질적인 존재가 된 것일까. 언제부터 겉돌았을까 상념에 잠겨 눈물이 날 것만 같았다.

혼자 카페에서 나와 담배를 피우다 술을 마시고 싶어졌다. 어디를 가야 하는지 몰라 길을 헤매다 우연히 찾은 술집에서 하이볼을 주문했다. 술을 좋아하지 않지만 술을 마시는 건 좋아했다. 머리가 아픈 건 싫었지만 잔뜩 취하는 것은 좋았다. 취한 나라도 세상에 혼자 있는 듯한 고독과 싸워 이기고 싶었다.

단편적인 과거의 기억이 떠올랐다. 어느 날은 황홀했으니 낙원이었을지, 또 어느 날은 절망했으니 나락이었을지, 나는 어느 쪽인지 알 수 없었지만 그저 과거로부터 벗어나고 싶었다.

그런데 여기까지 와서도 이러고 있는 내가 한심했다. 짜증이 났다. 생각의 굴레에서 벗어날 수 없는 내가 가엾기도 했다.

술집을 나와 인공적인 빛 사이를 무작정 걸었다. 사람들은 서로 떠들며 활기차게 걸었고 그 틈에 끼지 못한 나는 혼자 쓸쓸히 걸었다. 어디로 가도 어디에 있어도 무엇을 해도 나는 고독과 싸워야 했다. 사람들의 틈에 있는 것이 문득 지친다는 생각에 바닥을 보며 걸었다.

살려달라고 붙들 견고한 무언가를 갖고 싶었다. 누구라도 좋으니 따뜻한 품에 안겨 다독임을 받고 싶었다. 외롭지 않다고 스스로를 세뇌했던 내가 외로움을 알아버렸다. 내가 외롭다는 것을 깨달아버렸다.

이 외로움은 무엇으로 채워야 할까. 채워지기는 할까.
덧없이 시간은 흐르고 흐르는 시간만큼 외로움은 지독
해졌다. 다 싫어졌다. 왜 여기까지 온 건지 알 수 없게
되어버렸다.

사람들 틈에 끼어 재잘대며 웃고 싶었다. 어디에도 날
받아 주는 사람은 없는데 오늘 꿈에서만은 사람들이
나왔으면 했다.

숙소로 돌아가는 길에 편의점에 들렀다. 좋아하는 푸
딩을 잔뜩 사들고 걸었다. 달콤한 푸딩을 먹으니 기분
이 한결 나아졌다. 씻고 누우니 혼자라는 생각에 우울
이 차올랐다. 상념에 빠져들었다. 태어난 게 죄이며 살
아있는 것 자체가 죄가 아닐까. 그렇지 않고는 삶이 이
토록 진저리 치게 괴로울 수는 없었다.

나는 그냥 살았다. 대충 살았다. 살아있으니까 그저
살았다. 더럽고 치사하고 거북해도 구역질하면서도 살

아있으니까 그저 살았는데, 아무 일도 없는 요즘이 더 죽고 싶었다.

지랄 맞은 날들이었어도 그때는 나의 미래에 대한 기대가 있었다. 과거에 짓눌려 아파하면서도, 술을 먹고 집에 간 날은어김없이 어린 내가 찾아와서 너무 슬퍼서 소리 죽여 울었으면서도, 그래도 나는 내가 괜찮아질 거라고, 내일의 나는 그 내일의 나는 더 나아질 거라고 믿었다. 내가 앞으로 나아가고 있다고 착각했다.

서른이 넘어서면서 내 착각이 깨지고 미래가 불안으로 바뀌고 기대가 사라졌었다. 그렇게 나는 현실을 깨달았다. 그래서 죽고 싶었다. 매일을 죽고 싶다고 죽어버리고 싶다고 울었다. 그래도 살아보겠다고 발버둥 치며 살아야 할 이유 하나 만들어 거기에 매달려 살았다. 그런데 그 이유도 이제는 없고 더 이상 만들고 싶지도 않았다. 그냥 다 그만두고 싶었다.

너무 지쳤고 고단했으니까. 죽고싶다는 말이 죽었으면 좋겠다는 말이 죽어야겠다는 말이 지겨우니까. 이제 그만 이 지옥을 벗어나 낙원에 가고 싶었다.

어김없이 아침은 오고 할 일이 없이 누워 눈만 깜빡이다 한낮의 빛에 일어났다. 공원에 가자고 마음먹고 나왔다.

사람들의 틈에서 그들을 지켜보았다. 기분이 가라앉는 건 왜일까. 어디서 오는 불안이며 무엇이 만들어 내는 우울일까. 옆에 앉은 사람에게 말을 걸어볼까 충동을 느꼈다. 한참을 머뭇거리다 보니 심장이 쿵쿵 뛰었다. 불안했다. 무서웠다. 사람들에게 다가가는 건 두려웠다. 그럼에도 인사를 했다.

"안녕하세요."
나를 빤히 쳐다보는 그들에게 평범하게 물었다.
"저기, 제가 여기로 여행을 왔는데 아직 점심을 먹지 못해서요. 혼자 먹을만한 식당이 있을까요?"

그들은 언제 경계했냐는듯, 기다렸다는 듯 웃으며 몇 곳을 알려주었다. 지도 앱을 켜서 위치를 저장했다.

"고맙습니다."
나는 그렇게 말했고 대화는 끝이 났다. 허무했다. 허전함이 차올랐다. 나는 무엇을 기대했길래 이렇게 시무룩해졌을까. 같이 밥이라도 먹어주기를 기대했을까. 타인에 대한 기대는 절망적인 우울을 불러들였고 그 우울은 나약한 나를 뒤덮었다. 조용히 있을 걸 하는 후회가 들이쳤고, 그런 나에게 짜증이 치밀었다.

카페에 앉아 세상을 구경했다. 시간 가는 줄도 모르고 그저 멍하니 바라만 보고 있었다. 고즈넉한 오후가 끝나고 퇴근시간이 된 이후에야 자리에서 일어났다.

저녁을 먹을까 하고 골목을 걷다 회사원으로 보이는

사람들을 따라 식당에 들어갔다. 정장을 입은 사람들이 이미 많았다. 하이볼이 있어서 돈코츠 라멘과 같이 주문했다. 퇴근하고 온 사람들의 틈에 끼여서 한잔, 두잔 그렇게 마시며 혼자 머물렀다.

섞이지 못한 기름처럼 혼자였지만 완전한 혼자는 아니라며 혼자라는 어둠에 먹히지 않기 위해 필사적으로 발악했다.

저마다 무슨 이야기를 하는 걸까 듣다 속으로 나도 그 야기에 끼어들었다. 답을 하기도 하고 질문을 하기도 하며 혼자 그들과 함께 있었다. 그 사이에 즐거움이 흘러나왔다. 그렇게 한참을 어울려 대화를 하다 나와 같은 대답을 하는 사람을 봤다. 평범해 보이는 그 사람의 삶이 궁금했다.

겉은 멀쩡해 보이나 속은 곪은 나 같은 사람은 아닐까. 집에 돌아가는 길에 충동적으로 죽어버리지는 않을까.

나를 대입해 그 사람을 유추했고 그 사람에 나를 대입했다.

그들이 계산을 하고 가게를 나갔다. 남은 잔을 마시고 나도 자리에서 일어났다. 어수선하고도 활기찬 거리를 걸으며 지나간 삶이 아닌 살아갈 삶을 생각했다.

내가 나를 죽이고 싶은 마음이 더이상 찾아오지 않았으면 했다. 지겹고 질리는 끝없는 반복이라고, 초라하고 비참할 뿐이라고, 그렇게 생각하는 오늘이 그리고 내일이 사라졌으면 했다.

나는 스스로 인생을 망쳤다. 매 순간 옳지 않은 선택의 끝이 여기였다. 앞으로의 선택은 옳을까. 더 나은 방향으로 나아갈 수 있을까 두려움이 엄습했다. 울먹이다 보니 눈물이 삼켜졌다. 눈물에 체했다. 가슴이 답답해졌다. 살아남는 것 이상을 꿈꿔도 되는 걸까 불안했다. 나 스스로를 지키기 위해서는 어떻게 해야 하는 걸까.

어떠한 답도 찾을 수가 없었고 나는 다시 절망했다.

절망의 끝에서 여행을 끝마쳤다. 사람들은 때때로 떠나지만 결국에는 모두 집으로 돌아간다. 나는 돌아갈 집이 있었던가. 어디로 돌아가야 하는지 혼란스러웠다.

온전하게 집이라고 부를 목적지가 없었다. 그럼에도 나는 돌아가야 했고 그곳은 내가 만든 지독히도 외롭고 고독한 고립의 장소였다. 언젠가 나에게도 평안하고도 안온한 집이 있었으면 하고 생각하며 외로움의 한가운데로 다시 파고들었다.

그렇게 여행은 끝이 났고 죄악과도 같은 시간의 끝에는 견디기 힘든 현실만이 남았다. 다시 이 지독한 현실에서 나 혼자 살아남을 수 있을까. 두려움이 엄습해도 도망갈 곳이 없었다.

짐을 정리하고 씻고 나와서 맥주 한 캔을 마셨다. 현실의 무거움을 덜어보고자 했다. 현실에서의 나에게 우울은 끝없이 파고들었고 나는 지독한 우울에 지쳐갔다.

다시 여행을 가기전까지 부디 버텨내기를 바라며 침대에 누워 이불을 끌어당겼다. 전기장판으로 데워진 침대가 포근했다. 나를 둘러싼 세상도 이처럼 포근하면 얼마나 좋을까 그런 생각에 씁쓸해졌다.

생각은 이어지고 밤은 깊어갔다. 차가운 공기가 코끝에 맴돌았고 내 기분은 더 깊은 나락으로 떨어져 내렸다. 결국 나는 나를 죽이겠지, 그런 생각만이 떠올랐다. 모은 약을 꺼내 들여다봤다. 이 정도면 될까 하고 또 불안해졌다. 죽지 못할까 봐 불안했고 정말 죽어버릴까 봐 불안했다.

나를 조금만 알아채 달라고 죽어가는 내가 여기 있다

고 세상에 속하지 못하고 혼자 두려움에 떠는 나를 가엽게 여겨달라고 제발 날 세상으로 끌어내 달라고 틈을 조금만 내어달라고 빌었다.

암울한 희망조차도 바라지 않으니 불행안에서도 부디 아늑할 수 있도록 불행을 꿈꾸자. 우울은 어차피 지나갈테니 온전한 불행이 되어 불행 안에서 불행을 곱씹으며 절망만을 꿈꾸자.

그 꿈을 이룬 미래에 구원받을 나를 위해 불행이 되어 이곳에 있기로 했다.

# 1년

비가 추적추적 내리는 날. 안온한 날들이 비와 함께 씻겨 내려간 날. 아무것도 하고 싶지 않은 무기력에 휩싸인 날. 무기력에 짓눌려 우울이 나를 찾아온 날. 침대 위에 누운채로 뿌리가 내린듯한 날. 그런 날에 지고 싶지 않았다. 게으름이라는 생각이 들어 자리를 박차고 일어났다.

주섬주섬 옷을 갈아입고 바깥으로 나왔다. 버스를 타고 노량진으로 향했고 컵밥을 먹었다. 오랜만에 먹은

컵밥에 과거의 기억이 떠올랐다. 먹고 싶지 않아 굶던 날들에 정신과에 가는 날은 꼭 컵밥을 사 먹었다. 먹지 않는 나를 향한 선생님의 걱정을 조금은 해소해 주고 싶었기 때문이었다.

1호선을 타고 인천을 향했다. 가고 싶은 카페가 있었는데 미루고 미루다 오늘 가기로 했다. 비 오는 바깥을 바라보며 덜컹이는 지하철을 타고 있으니 출퇴근하던 날들이 생각났다. 사람들이 가득 들어 찬 조용했던 출근길과 소란스러웠던 퇴근길의 지하철의 풍경은 달랐더랬지. 나는 출퇴근의 모습이 한결같았는데 사람들은 퇴근길에는 들뜨는 듯했다. 소란스러운 지하철이 싫었다. 그곳에서는 나만 우울했고 나만 불행했다.

인천에 도착한 나는 지도 앱만 보며 걸었다. 사람들을 피했고 시선을 죽였다. 머리만 숨기면 본인이 보이지 않는 어린아이의 심리를 닮은 행동이었다. 내 눈에 담지 않으면 그 누구도 그 무엇도 나를 눈치채지 못할 것 같았다.

비가 오는 날의 인천은 조용했다. 쌀쌀한 날씨에 비가 왔고 바람이 불었다. 나는 비가 싫은데 비 오는 날의 한산한 거리는 좋았다.

카페에 들어섰다. 한옥의 단아함에 기분이 들떴고 따뜻한 온기에 한결 편안해졌다. 긴장으로 뻣뻣했던 몸이 녹아내렸다. 마음이 온화해졌다. 따뜻한 초코라떼와 얼그레이 레몬 스콘을 주문하고 자리에 앉았다.

의미 없는 행위들의 연속이었다. 오고 싶었던 카페였지만 그게 오늘은 아니었으니까, 비가 왔으니까. 나는 그저 멍하니 앉아 바깥을 바라보며 초코라테를 마셨다. 의미 없는 먹는 행위에 기분이 가라앉았다.

먹는 걸 좋아했던 것도 같은데 스무 살에 앓았던 거식증으로 인해 포만감을 싫어하게 되었다. 먹는 행위에

큰 즐거움을 느끼지 못했다. 그런 내가 싫었다. 사람들은 맛있는 것을 먹으며 위안을 받고 살아갈 힘을 얻고 일할 맛을 찾는다는데 나는 먹고 싶지 않아서 먹는 것에 재미를 못 느껴서 세상을 사는 것이 이토록 힘에 겨운가 보다. 그런 생각을 하며 스콘을 먹었다.

집에 있을 걸 그랬나. 그런 생각도 잠시 했다. 되돌아가는 길이 멀게 느껴졌다. 돌아갈 수 있을까. 그곳이 내가 머물 곳이 맞나 그런 생각도 했다. 어디에 있어도 그곳은 낯설거나 불편했다. 아늑하다고 느끼던 집도 바깥에서 바라보면 내 자리가 아닌 것만 같아졌다.

내가 있을 곳을 잃은듯한 돌아갈 곳이 없는 것 같은 기분은 오래전부터 이어져 왔고 나는 그 안에서 절망을 얻었다. 절망은 이곳저곳 할 것 없이 나를 찾아내 나를 휩쓸었다. 절망의 구렁텅이로 데려가 나를 죽고 싶게 했다. 불행과 우울과 절망의 세상에서 살아간다는 것이 쉽지는 않지만 끊임없이 그것들을 떨쳐내려고 발버둥 쳤다.

살아야지. 살아남아야지. 나는 그런 생각들로 보호막을 만들어 나를 가두었다. 의미도 의지도 없으면서도 살고 싶은 마음은 커져갔다. 정신과에 다닌 지 1년이 되었다. 그 사이에 나는 죽고 싶다는 마음을 잃어갔고 그 자리에 살고 싶은 마음이 차올랐다.

나는 선생님의 기대에 부응하고 싶었다. 죽어버린 환자가 되고 싶지는 않았다. 선생님이 나의 죽음을 알던 모르던 그건 중요하지 않았다. 약속된 날에 선생님을 만나러 가고 나는 그 시간을 소중히 여겼다. 선생님이 나를 기억하지 못하더라도 나를 기다리지 않더라도 나를 걱정하던 그 말들이 의미가 없는 말이라고 하더라도 나는 선생님을 만나 이야기를 나누는 시간이 소중했다.

처음에는 내가 그랬다. 약을 먹어도 왜 괜찮아지지 않

냐고. 나는 왜 아직도 우울해하고 왜 눈물이 나냐고. 죽고 싶은 마음은 끝없이 이어지고 있었으니 선생님을 향한 원망이 도를 넘었고, 그 원망이 선생님을 향하기도 했지만 나는 그 시간들을 이겨냈다. 그리고 지금에 섰다. 살고 싶은 내가 있는 이곳에 언젠가 희망과 행복이 점철된 삶이 찾아오겠지 기대를 하며 그 기대를 내보였다.

실망하지 않아야지. 그 정도 어른은 되었으니까. 마음이 안정되었으니까. 기대가 실망으로 변하지 않게 나를 다독이며 오늘도 한 걸음 나아가고 있었다.

삶이 무지개처럼 빛나지 않더라도 살아내야지. 여전히 내일을 생각하면 죽고 싶어지기도 하지만 불안에 허덕이며 눈물이 차오르지만 그럼에도 나는 살아내고 싶었다. 오늘을 살아야지. 내일도 곧 오늘이 될 테니 오늘만을 살아야지. 그 생각은 변함없이 이어져 오고 오늘도 되뇐다.

상념에 잠겨 있던 동안 2시간이 지나버렸다. 카페를 나와 통닭집에 갔다. 집에 가면 다 식어 차가워지겠지만 포장 주문을 했다. 오래된 통닭집은 그 자리에서 누군가와 함께이고 싶게 만들었다. 철저하게 혼자였던 내가 사람을 그리워하고 사람을 찾게 되었다. 도란도란 이야기를 나누며 통닭을 먹고 생맥주를 마시면 좋겠다. 그러면 기분이 나아지겠다. 비가 오는 날의 우울이 희석되겠다. 그런 생각들이 머릿속에 들어찼다.

그렇지만 나는 혼자였고 혼자 앉아 먹고 싶지는 않았으니까 포장한 통닭을 들고 바깥으로 나와 걸었다. 지하철을 타고 버스를 타고 집으로 되돌아왔다. 따뜻한 온기가 감도는 방에서 혼자 통닭을 먹으며 오늘의 외출이 어느 날에는 의미를 찾기를 희망했다.

# 내가 나에게 안녕을 말할 때

**초판 1쇄** 2024년 2월 27일
**3쇄** 2024년 3월 15일

**지은이** 이소한
**펴낸이** 이소한
**펴낸곳** 보노로

**표지 일러스트** 만자기

**출판등록** 2024. 1. 2 제2024-000002호
**전자우편** bonoro.books@gmail.com
**인스타그램** hi.bonoro

ISBN 979-11-986267-0-7(02810)
© 이소한 2024 Printed in korea

글꼴 아리따-돋움을 사용했습니다.